触浪杂游

浪花几朵

——心潮何平小诗汇

陈和平 ◎ 著

吉林文史出版社

图书在版编目（CIP）数据

触浪杂漪·浪花几朵：心潮何平小诗汇 / 陈和平著
. -- 长春：吉林文史出版社，2021.7
ISBN 978-7-5472-7861-1

Ⅰ．①触… Ⅱ．①陈… Ⅲ．①诗集－中国－当代
Ⅳ．① I227

中国版本图书馆 CIP 数据核字 (2021) 第 134810 号

CHULANG ZAYI · LANGHUA JIDUO——XINCHAO HEPING XIAO SHI HUI

触浪杂漪·浪花几朵—心潮何平小诗汇

著　者　陈和平
责任编辑　吕　莹
版式设计　李新琴
出版发行　吉林文史出版社有限责任公司
地　址　长春市福祉大路 5788 号
网　址　www.jlws.com.cn
印　厂　英格拉姆印刷(固安)有限公司
尺　寸　170mm×240mm　1/16
印　张　6
字　数　100 千字
版印次　2021 年 7 月第 1 版　2021 年 7 月第 1 次印刷
书　号　ISBN　978-7-5472-7861-1
定　价　50.00 元

自　序

琢磨了很长一段时间，既然是诗集，就该有些诗意，就叫《触浪杂漪·浪花几朵》吧。题材毕竟都源于生活，谓之"触浪"；"杂漪"要义是杂，并非"清一色"，也并非都靓丽，触浪之后的涟漪而已。但诗兴能将涟漪也激发出浪花，可能是几朵，也可能更多，就权称为"几朵"吧（本小集里可量化为至少七朵）。

作诗，不管是抒情的、自由的、无格律的，还是律诗绝句、长短有格、唐诗宋词式的，只要你做，都能出诗、成诗。风格则肯定是带着个人个性的，有人热吻、有人羞涩、有人明言、有人含蓄，各显所好所长所需。这里想说的是影响问题，谁影响谁？从目录看，该小集中自由式的格律式的作品都有，但细分则可见，自由抒情式的作品不足一成，唐诗宋词式的占了有九成多。这倒不是我不善自由抒情，而是我受了一个人的影响很深，这位伟人就是我们敬爱的毛泽东主席。因为我自幼爱好文学，到了青春期时意外得到了一本北京师范大学中文系编印的、外观不很起眼（32开本）也不算厚、白色封面红色字体、很朴素的小书《毛主席诗词注释》。虽一时不完全懂，但其中磅礴的气概、高远的立意、深厚的寓意、豁朗的风格、通俗的表达、凝练的笔触都让我感受深刻并且爱不释手！从那时起，我就一直不能忘怀而跃跃欲试。现人至老年，生平第一次出版图书，自己也未想到竟是旧体诗词居多，这就是一位伟人对我的影响所致。

也许心细的人会发觉，从时间顺序看，这本小集在20世纪90年代和21世纪的前十年是没有作品的。这一点主客观原因都有，在此不赘述了。只记得那时年富力强，正全身心地投入到自己的本职工作之中，完全无暇考虑所谓个人作品的问题。后因机构改革分流到了基层，偶尔会给单位的黑板报投稿，还有就是自己在负责出的黑板报上誊录了陈毅元帅的一首告诫诗：手莫伸，伸手必被捉，党和人民在监督，众目睽睽难逃脱。后来时过境迁，现在只想说一句，仅就无作品而言，错过了两个美好的年代，深感遗憾。

退休了，怎么想起了要出书？这里不得不提到两个人及两件事。一位是当年我们还在柳铁运校读书时还算比较懂我的班长。前几年她看我老是在同学群里发些诗词小作品，就询问我是不是想出版诗集？当时我没有正面回答，只强调了这纯粹是一种个人的业余爱好，但她这一问倒是促使我动了些这方面的心思；另一位就是同样还算懂我的女儿，去年她做了一件让我意想不到的事。我生日那天她送给我一件很别出心裁的礼物——一本16开彩印、完全是她自选自编自印的，只有几页纸的一个册子《诗和远方》（诗稿就是大家都知道的，由她选出的比较喜欢的几首）。印件的设计虽然有些花哨和粗糙，还有个别错漏字，但我还是很喜欢很感动的。这让我对自己又增添了一些力量与自信。这两件事都不同程度地促使我下了决心要出这本书。

至于该诗集是否具有可读性、值不值得一读，这应由读者来评判。作为作者我只想说，我赞成我们党的文艺方针政策，对（艺术）作品"百花齐放"，对（学术）观点"百家争鸣"。我个人的创作初心就是想要为民族的、大众的"百花园"里栽培添植些许小花，并希望它能得到阳光雨露的呵护、滋养、长大，但愿它能得到大家的认可吧。

作者 2020 年 11 月 12 日匆匆于柳州

目　录

第四章 杂 感

第五章 尽 孝

第 一 章

敬　业

黎明前的喜悦

毕业实习感触

——1975 年春抒于桂林北站

当夜幕降临的时候，
群山被笼罩着，
默默无声的，
像要开始沉睡……

沿着铁道边的小径，
我来到了亭立的闸楼，
夜风不是送来睡意，
而是预兆着，
这里将要战斗！

"进十道"，
调机送来了电厂的煤炭，
黑铮铮亮晶晶；
"开粮线"，

又取出了待援非的粮包，
让人顿感胸怀自豪！

这就是我将来的职业，
铁路职工非常地荣耀；
革命建设等待着我，
运输战线上把战鼓擂敲……

当启明星挂在山巅时，
我发现了地平线上的曙光！
六次特快擦身过——
啊！黎明……
黎明预示着满天骄阳；
我也因此由衷地喜悦，
一个夜班过去，
安全正点就是成绩，
道岔闸楼任我徜徉……

·卜算子·

萌悟

——1976 年夏处暑作于叶茂站

生婴幼少青，
壮中老衰亡，
人生十环怅寥廓！
环环尽沧桑。

少青稚气刚，
老衰鬓落黄，
才华溢丁壮中劲！
最是好时光。

调度所之歌

作于柳州铁路分局

——1984 年获国庆征文奖

一处忙碌的机要处所，
似脉搏般强劲却不露峥嵘；
在祖国博大的母体内，
渺如泥丸却不可缺忽！

这里没有机车轰鸣，
钢轨纵横，
信号闪烁；
这里不傍广袤的田野，
秀丽的村庄，
迷人的山河……
但这里有如血管经络，
遍布肌肤骨骼；
有如神经中枢，
协调机体动作。

它确实有着无边的魔力，
去驾驭那巨大的联动机；
他更像母亲一个脑细胞，
为祖国的强盛昼夜思索……

这里看得见——
祖国的血液在奔涌，
母亲的动脉在跳搏；
小小一张图，
任龙腾虎跃，
微微一支笔，
与庞然拼搏！
连接着现场的调度台，
把车机工电辆都囊括；
晚点的列车正在赶点，
急救的伤员要上列车……

这里的人无三头六臂，
亦不企求惊天之作；
虽不见麾下千军万马，
人人都在运筹帷幄；
虽不曾会师千里之外，
个个需要雄才大略；
平常的调度无尽的倒班，
天赋本分就是工作；
若不奉献出赤心与热忱，
无法谱就调度之歌！

真是看似平淡无奇，
却又难以描摹捉摸！
只愿这环环相扣的调度台，
一个个接着导演出，
更加悦耳动听的乐章，
更加威武雄壮的画图；
让饱含深情的调度员意图，
带给祖国更加满意的收获！

回辅主业一周年组词

蝶恋花 · 卜算子 · 浪淘沙

——2012 年作于南宁林管所

题引：一年前，一纸局文"宁铁劳卫[2011]97 号"调整了局内林业管理体制，新成立的林管所欣喜回辅运输业……（2012-07-01）

· 蝶恋花 ·

殷切切又返主业，

心悦不说！

车机工电辆，

堪称业内老大哥；

小康路上扶携着。

怎奈前程坎连坷，

刚停特 5，

又肇"3·25"！ [①]

惭颜羞对众仁兄；

自强不息重来过。

①刚停特 5 指该所桂林林场管内在线路上因施工修枝作业防护不当而造成当天的 5 次特快列车在区间被迫临时停车事件；又肇"3·25"指该所南宁林场管内当天在区间林下以小型推土机施工作业时不慎挖断地下电缆而造成的一般行车事故。

·卜算子·

本行志在林,
建绿色通道。
乔高灌低随轨去,
蜿蜒风光好!

适地图远景,
将野生改造。
驯化篱花成荫时,
我等开怀笑!

·浪淘沙·

立夏复入汛,
洪雨来袭!
干断枝折频危树,
调兵遣将路情急,
五中三令!

出伏现生机,
仍可持续!
眼见高铁即将通,
南疆红棉帮点缀,
七情六欲!

·七　律·

与海鸥搏击比翼

——记当年第 15 号台风过境（2014-09-18）

南海登陆须臾间，

浪迹琼粤桂滇黔。

为睹真容报消息，

记者缚身大王椰。

孰知宁局超其前，

调度命令发在先。

笑迎狂客屯兵卒，

靠前指挥特帅见……

·十六字令·

留恋所

——2014-11-24

所，
局中一卒何其多。
螺丝钉，
绝不可省略。

所，
八个林场好汉多。
真豪迈，
虎藏龙又卧。

所，
艰辛付出有收获。
靠得住，
温馨家莫过！

·七 绝·

退休留念

——2014-11-27

有幸返岗成同志，
三载共事蒙支持。
诗兴曾激词一组，[①]
姑来赠君为告辞。

①词一组即 2012-07-01 所作《回辅主业一周年组词》之蝶恋花、卜算子、浪淘沙。

·七　绝·

中秋抒怀

——2016-09-15

终归业主所消失，[①]
熊石二位最相知。[②]
月饼毛巾物虽小，
重勾温馨家如此……

①作者退休的第二年，铁路局宣布林管所解散，其下辖各林场人员、业务、职能按属地划归各工务段接管接收，故此称"……所消失"。
②熊、石二人分别为当年作者所划归段退管会的党支部书记和主任，他们按隶属关系接收并负责管理属地内的原林管所退休职工，维持了这些人的退休隶属及组织关系。

第二章

游　历

·七 律·

爽爽的贵阳行

——第四届诺奖得主医学峰会掠影（2017-09-16）

金风送爽贵阳行，

信众慕名云集地。

诺奖得主罗伯茨，

峰会呼吁亲细菌。

更有试者马歇尔，

郑重正名转基因。

诙谐年谱不怕笑，

活百卅岁全八一！[1]

[1]因发现幽门螺杆菌及其性质作用而于2005年获得诺贝尔生物或医学奖的这位马歇尔先生，在这次峰会上为证明自己的学术观点主张而诙谐地把自己的生殁年谱拟订为：1951-2081。

·水调歌头·

游时下老年公社见闻

——2018-07-06

社会一组织，
法人册已注。
社员遍及国中，
称数十万众。
做客黔灵山麓，
高山流水瑯歌；
景东西南北，
皆得天独厚，
风流在险峰！

入社者，
有耄耋，
志未酬！
此生不留遗憾，
品尽山川秀。

西江苗寨一宿，

游人不思感恩，

无端嫌粥馊！

彼此是社员，

我来他亦走。①

①外地的社员欲借旅游来"走亲戚"，未料本地的社员也已经外出旅游了。

·破阵子·

与友人约行小西北

——2018-10-22

初游借助专列，
六省十七景点。
兵马俑蕴雄风魂；
青海湖弘瑰宝美；
天工沙坡头！

沧海一粟小我，
大团游客八百，
湘音粤语似交响；
导游牙舌巧如簧，
跨地接力忙！

·浪淘沙·

返局索旧作

——2020-02-07

耿耿于怀念，
《调度之歌》！
国庆卅五周年作；
决意南下寻索日，
病毒遁脱。

局新闻中心，
遂我心夙！
得重睹愣头肯风；
回程报告平安时，
女儿批驳。

· 水调歌头 ·

游海南

——四十五年会同窗（2020-11-22）

同学互知己，
相聚为感恩。
美珩班长汇总，
古来稀无畏。
取道湛江立崇，
看望海口学辉。
情谊叙不尽，
叹此行过后，
恐要待来生。

卸包袱，
共把盏，
忘情欢。
生活与时俱进，
可回忆重温。
礼新引荐战友，
水清依然纯净。
只嫌十人少，
哪怕到耄耋，
也要共此生。

第三章

锻　炼

·七　绝·

晨跑遇田师傅知己

——2016-08-28

石凳搁足撑俯卧，
随后陪跑咨问多。
心诚知音又知己，
打开话闸漫切磋！

· 南歌子 ·

行途唾液

—— 加和二物乃精华（2019-05-22）

开步特困乏，
持续即修炼；
慢跑已逾二十载，
中年更至老年，
是何缘？

枸杞西洋参，
含细嚼慢咽；
日五公里分六口，
得琼浆如玉润，
往无前！

·沁园春·

慢跑观沿途所见

——2019-10-19

旭日悬东，

朝气蓬勃；

匀速而动，

规律行进中；

稍发力间，

已越二坡；

惦着外孙，

二幼路过；

菜市巷口，

美女如云流如梭；

更远闻，

实验学校内，

琅琅读书。

"若有战召必回"！

小区内外车身可见；

美妍爸姓赵，[①]

跑亦经年，

不再单孤；

女性健将，

太极瑜伽；

笑傲冷眼，

胸有豪气冲云天！

凯旋时，

一鼓上五楼，

三十来秒。

①因赵美妍恰好与作者的外孙同在一个幼儿园且为同班同学，故知其名。

·念奴娇·

我收获了什么

——兼答所遇慕嫉之眼（2019-12-29）

信念支使，

爱独行！

坚持不懈成性。

既定目标，

行则近，

终有彼岸抵期。

灵感不断，

信心满满，

任我行我素。

神形均足，

无须怜影自顾！

十里国土徜徉，

如同观光。

愿惬意洒汗，

磨炼毅力燃脂肪，
杂念随之净化。
体重匀控，
作品增加，
境界见升华！
轻盈逐梦，
求实不拂周章。

悦于慢跑路上遇风

——2020-01-06

呵！
微微的风，
是你吹开了我的心扉，
吹拂着我的情思！
虽然只是一小会儿，
却让我跑得带劲，
跑得惬意、自如、轻松……

体会着微风送暖，
体验着美好感受，
你是超前的春光，
你是娇俏的笑容！
我愿不断地跑在路上，
去拥抱你这微微的风。

·卜算子·

冬跑

——2020-01-16

淫雨地湿滑，
数九指亦僵；
此时秋衣已单薄，
外加一马甲。

一圈意犹酣，
两圈沁汗花；
马甲缠臂袒背心，
蹬蹭梭籽飙。

·五　绝·

珍惜半月板

——致同道友人（2020-04-21）

凯旋一鼓楼，
言中有荒谬。
若仍锻炼时，
恐膝省不够！

·南歌子·

慢跑须两事

——2020-07-31

其一：祛痰

枸杞西洋参，

含细嚼慢咽。

日五公里分六口，

腔中难免腻黏，

清嗓先。

其二．拍鞋

行程十华里，

线路定有矩。

人道杂夹犬踪迹，

鞋上难免沾泥，

归来拍。

·蝶恋花·

寒潮中伴观林溪

——晨练慢跑中之见（2020-12-14）

渊源白文笔西麓，
风抚涟漪，
清澈能见底；
深处黛墨入柳江，
水袖丝草晃浅绿。

微雨信步人影稀，
两堤静谧，
溪水更温驯；
对向忽迎遛犬女，
似曾相识同小区？

第四章

杂　感

·浪淘沙·

为小学同学聚而作

——1986-10-03

大龙潭联谊，
寻觅知己……
二十年往事再历；
眼下但愿人长久，
不舍分离！

情谊有根基，
手足相系……
三十岁鹏程再起；
待到千里共婵娟，
太阳归你！

·七 绝·

与星瑞① "木兰之花" 道别

——2015-05-28

龙城雀儿婉啾忙，
令飞西安情别样。②
古今木兰都报国，
好在产业正朝阳。

①星瑞是一家总部设于四川成都、员工均为复退军人的专营健康产业的有限责任公司，其中不乏年轻的复员退伍女军人，被人们亲切地称为"木兰之花"。
②此二句是说一位星瑞的"木兰之花"本在称之为龙城的柳州干得好好的，却忽然接到了总部的调令，将其调往西安工作。作者在与其话别时作了这首七绝相赠，表达了对这位年轻的复退女军人美好的祝福。

· 水调歌头 ·

又见同学聚

——2017-04-13

闺密真婀娜，

发小仍洒脱。

三十一年再见，

人比上回多。

龙潭渠旁留影，

民族餐厅竞歌，

还会有几何？

友情多珍重，

不枉此生过……

花甲后，

更相知，

平淡活！

恰如兄弟姊妹，

甘苦与共哟。

虽有阳春白雪，

难无下里巴人，

岁月莫蹉跎……

下次见面时，

记得笑呵呵。

·满江红·

此中有平衡

——致平衡态医学健康工程柳州工作部（2017-07-11）

大医精诚，

绌平庸，

不事吹嘘。

治未病，

功在抽丝，

润物无声。

不似行医有宗旨，

全民健康乃己任。

看部里，

中老年朋友，

日渐增。

国战略，

贯基层；

斗疾首，

选卒中。

适逢双亲节，

代慰带问。

脏腑经络引疏导，

冰箱细菌消杀清。

如灵芝，

调平衡如意，

功待成。

·沁园春·

绝伦万花筒

——微信入群有感（2018-04-05）

包罗万象，

光怪陆离！

诸多便利；

仰科技创新，

各取所需。

良心链接，

好文励志；

图片视频，

亦有千秋，

开阔眼界增知识。

入群者，

皆有得有失，

值否自知。

精神需求升级，

如顽童酌玩具入迷！

最适有闲人，

人把时间，

尽抒胸臆；

有拖累者，

惜时如金，

也会看微。

时代脉络藏魅力，

聚眼球，

盯最感兴趣，

无穷无尽……

·七 律·

山重水复岂无路

——致友英侠友[①]（2018-07-28）

劈开浑水英介入，[②]

绝处逢生遇相知！

从容调解凭慧眼，

字句珠玑不流俗！

至真至善来引导，

濒危家族见出路！

精品协议拍定时，

唯我独享相握悦！[③]

①作者所称侠友指其父所在社区的潘友英主任。因对父亲晚年的抚赡问题存有尖锐的矛盾纠纷，作者家人诉诸潘主任，要求其出面帮助调解。

②在充分调查研究的基础上，潘主任站在法理立场上秉公调解这次矛盾纠纷，为作者主持了公道正义。

③矛盾调解成功，散会时潘主任与作者握手以示祝贺，表明了其立场态度。

·念奴娇·

记一"群主"花凋落

——兼评"Mr chen"结语（2018-08-23）

微信时代，职业群到兴趣群、朋友群到家群、同事群、同学群到战友群、老乡群，群出不计其数！正所谓物以类聚、人以群分，而分分合合亦正如日出日落，规律自在焉……

> 顺应时势，
>
> 建家群，
>
> 代沟倒置本末。
>
> 而立初心，
>
> 族融洽，
>
> 曰家和万事兴！
>
> 经年累月，
>
> 不振层次，
>
> 竟背道而驰。
>
> 无奈休矣，
>
> 任自生自灭之！

缘何其违初衷？

阅历浅薄……

三岁一代沟。

长辈恩怨情仇久，

群主不谙根由。

乌烟瘴气，

是非曲直，

无能则不拨。

最简章法，

此群解散了之……

·七 律·

我的如此兄弟

——西北游毕小回顾（2018-11-03）

发小同街还同湘，

入学同班父同行。

事业有异而分手，

老来相约游远方。

踌躇少年性相近，

久经世故习相远。

求同存异待新征，

莫道沧桑叶正黄！

· 踏莎行 ·

保养天年面面观

——广西周林频谱五周年庆（2018-11-18）

寿者养命，
道法自然！
公认周林频谱好。
无奈保养机构多，
各行其是找买单。

无疾而终，
谓之天年！
全民健康奔小康。
能否得道凭觉悟，
事在人为自有路。

·满江红·

获得感因安康通

——记民生工程之养老片段（2018-11-22）

社会养老，

有机构，

政府买单。

助老员，

服务上门，

打卡计点。

生活纵有诸不便，

社区撑底包成片。

耄耋人，

不怕年岁迈，

有依赖。

安康通，

隶民政；

月两次，

费用免。
理发抹冰箱，
家常聊天。
月月能见助老员，
老人心情更愉快；
接地气，
帮解决困难，
幸福感！

·沁园春·

今生谨记最难忘

——新年小结赋（2019-02-03）

光阴荏苒，

岁月如梭。

毕此一生，

何事最难忘？

人有天性，

或怯或勇；

处世之初；

难免幼稚；

磕磕跘跘，

酸甜苦辣玩味够！

勿须记，

脑海心田中，

自有根留。

青涩朦胧初恋，

该是纯真多情美好！

或许单相思，

枉然也值；

知音知己，

学长恩师；

患难之交，

可共生死！

不一而足抹不走。

更何况，

民族复兴日，

正值此时……

·破阵子·

进中医院治眩晕

——2019-06-19

脑颈动脉均硬，

眩已半年之久！

女婿亲家还上班，

外孙尚幼需要管，

灵伢正在长！

六天花九千三，

医保担逾大半！

保养机构噤寒蝉，

让人派生优越感，

国富民乐安！

·七 律·

退休怎样奔小康

——"不劳而获"之比较（2019-08-07）

改革开放春风来，

美好年华脑洞开。

你若理财财理你，

年赚补贴或许万。

怨天尤人无济事，

为国分忧两相安。

有脑勿负新时代，

理财胜过六合彩。

·满江红·

焕然一新奔小康

——记林溪老旧小区改造（2019-12-08）

宜居标配，

小康版；

各路技匠，

干得欢！

如此改造，

企盼多年；

点点滴滴要钱花，

分分秒秒政府拿。

国运昌，

一批一批来，

规划在。

公灯亮，

不摸瞎；

铺柏油，

路不洼。

三供一业新，

政企分开；

涂彩球场龙虎跃，

浊流溪水澈底清。

螺旋梯，

孩童的最爱，

滑不断……

·南歌子·

探望韦文安同学

——共奔古来稀之感叹（2020-09-14）

虚岁六十七，
罹患鼻咽癌！
本能祈寿比南山，
无奈生命脆弱，
有遗传。

他形容憔枯，
我感同身受！
班长吁抱团取暖，
携手走完今生，
共鸣赞。

·念奴娇·

愧对钟华

——青葱岁月之回首（2020-12-02）

同白军垦，

入校同班，

教唱雁南飞；

学理论热，

激起学子，

领诵诗使命；

发觉腔圆，

调夫播音；

下自习邀留，

对坐谈心，

怯场婉辞日记……

转眼各奔东西，

是何日记？

难免情愫依！

却闻噩耗君逝去，

不得别后一叙……

错过今世，

谈何来生，

辜负阳朔人！

若有姻缘，

应是别番滋味。

倾情抒……

我的初恋在少小

——涩涩青果之味（2020-12-23）

小小少年，
涉世未深；
但开启他人生洗礼之门的！
却是那样的一场初恋……

那天籁之音绝非靡靡之音，
唱的是红军不怕远征难！
她高亢深沉激越，
歌颂着那激情澎湃的时代——
这真正英雄辈出的时代！

伴随着这样的主旋律，
少年已经不得而知，
为人在世须有一种精气神！
漫漫长路中，
总有人生的偶像值得去崇拜……
从征服万水千山的工农红军，
到卧躺铡刀的刘胡兰，
到身陷绝境的赵一曼……

从抗美援朝的群英谱，

到拦截惊马的欧阳海；

到柳江赴火的韦必江，

到好人雷锋一代代！

忠魂之歌唱不完……

多么励志！

何等庄严！

少年的心灵已被震撼……

是谁赐予的福音？

赠送这样的精神之爱？

小小少年不由得想，

却原来她是一位同学同班……

她天生丽质，

活泼健康又聪明可爱；

她舞姿优美，

充满着阳光活力四散！

少年由此心生爱慕，

从此陷入了深深的思念；

为了目睹她的身影，

经常夜蹓五星街头流连忘返，

盼望着对面的窗户被她推开……

呵！这就是我的初恋——

当时的首次的爱恋……

尽管它只是一帘幽梦一厢情愿，

却在我的灵魂中珍藏到永远！

第五章

尽 孝

·念奴娇·

花甲侍奉至亲于耄耋

——轮管老爸又得一月（2018-08-31）

侠友牵约，①

致心舒畅，

百善孝为先！

子女亲管，

分一二线，

方略已逾年。②

手足同胞，

各有长短，

唯共识不变。

囿于传统，

尊老爱幼相兼。③

吾父并非等闲，

大器晚成，

耄耋获专利！④

生性耿拗惯倔强，

偶尔理智听劝。

为父唯大，

很会蹦捏，

专对不孝人！

心境不佳，

无病也要呻吟……

①此句指同年七月末社区潘主任牵头主持家人调解会议后达成了对父亲新的抚赡协议，作者心情舒畅，因而维持了此前一线儿子的轮管制。（参阅《七律·山重水复岂无路》一文）。

②因诸多弊端，作者自2017年春节起辞退了外请的保姆而改为子女直接照料父亲，子女们有力出力属一线，无力出钱算二线，实行已有一年多了，故称"方略已逾年"。

③是指作者本人不仅要参与轮流照顾父亲，还要帮忙管带年幼的小外孙。

④作者父亲喜好钻研烟草问题，退休后即开始探索实验：如何降低烟草中烟碱焦油含量的中草药组方，并于二十多年后的2013年12月下旬向国家专利局提出了申报个人发明专利的申请。经相关部门按程序历时两年多的严格审查审核，终于2016年上半年由国家专利局批准并颁发了该中药组合物的发明专利证书，时年其已满89周岁，故曰"耄耋获专利"。

庆幸……

我还有最美妙的日子

——轮管老爸畅想曲（2018-12-23）

每当到我轮值之月，
都会让我莫名的振奋！
进到他那鳏居的旧屋，
便是纯粹、专职、全职、
全天候的儿子，
此刻的老伴儿、女儿、还有外孙，
都已悄然退居其次！

而我面对的他——
一位仍有父亲尊严的、
威严的耄耋老者，
除了略微显得疲倦，
依然保有着昔日的风姿！
看他的精气神，
仍是能吃能睡能击掌，

打个喷嚏声如吼；
凭栏登梯十七级，
"金鸡独立"平衡依旧，
俨然就是一个"老顽童"！
一日三餐，无虑不忧，
衣来伸手，饭来张口，
反衬出那该就是曾经儿时的自我，
不同在如今已然是跪羔反哺！

精心的烹调，
刻意的餐谋，
让我想起了他曾供养给孩儿们的
美味佳肴，
甚至追忆起了——
那年他下乡支农，
从村溪中捕捞来的蒜香蒸鲫……

呵！无尽的遐想，
不尽的甜蜜，
都在我的轮值之月被回味、
被勾起……
隔两月，值一月，
有张有弛真美妙！
好在他，仍健在，
所以我还深感庆幸……

·七　律·

从弥留到寿终之月

—— 阴阳两隔寄亡父（2019-02-28）

接班见父瘦如柴，[①]

不祥之兆顿袭来；

昼夜潜心喂流质，

梦想回天挽狂澜；

医师语出惊破天，

与癌共存已十载；[②]

家主心骨既折倾，

我辈便成顶梁环！[③]

①记得去年即 2018 年 11 月 30 日下午，因第二天早将要交班，我便带父亲到锦绣路卫生所称体重为 49.5 千克。两月后即 2019 年 2 月 1 日，我再接班时见到的父亲已瘦得惊人（二哥交班说父亲已经不怎么吃饭了）。下午时我非常艰难地将其搀扶到就近的康达药店称其体重已为 40.5 千克，两个月内父亲的体重就已锐减了 18 斤，很难令人置信。

②眼看着父亲的身体日渐不行了，我不得不数次通知兄嫂、弟妹、女儿、女婿们回来看望他老人家。至下旬的第二天，众人将他送到了市人民医院急诊科，在医护人员的共同护理和见证下，第三天即 2 月 25 日上午他在病床上与世长辞，享年 92 岁。因十年前的 2009 年，父亲曾在市中医院被确诊为右腋下小细胞淋巴瘤，值班医师据此将他的死亡原因归结为癌症。

③父亲向来都是家庭的主心骨和顶梁柱。继母亲之后，他的离世使我们都变成了"上无老"之辈。与父亲的能力和秉性相比较，我们谁都称不上是"柱"，只能称之为"环"了。从字义上说，柱是不会滚动的，环则是会滚动的。

第六章

天伦之乐

我终见到了天使之笑

——头一遭的切身感受

2015 年 11 月 17 日至 26 日作

发自肺腑，

纯真的笑容：

清澈、友好、大气，

阳光而又自豪……

我真不敢相信，

她竟展现在——

一位六个月婴儿的脸上；

尽管他人尚在襁褓，

却准确无误地——

是在对我微笑！

可谓传情达意，

令我惊喜感动，

我是见到了天使之笑！

他因此给我的印象，

是如此深刻、钟情、美好……

呵，

芸芸众生，

几多面孔，

笑当推最佳容颜之首。

然而大千世界，

无峻不有；

世态炎凉，

人情冷暖，

伪善奸诈皆也笑！

一旦联想，

两相比较，

则我更加庆幸——

得见到了这令人景仰的天使之笑！

他从中给我的启迪和感触，

将永远也磨灭不掉！

要问我为何这样有幸，

只因为恰巧——

他来自我那亲爱的外孙昊昊……

其实我早就企盼着——

这样的一天，

我终见到了天使之笑！

但愿他，

那"性本善"的心灵永远纯净，

不被污染，

永葆着那——

可亲可爱的"天使之笑"！

·水调歌头·

廿三月龄童子趣

——2017-04-09

万物之灵伢，
表现颇称典。
与生俱来爱笑，
藏机能无限。
人性该有全有，
基因不携皆无，
精彩如斓显。
出门刚拜手，①
转身"阿妈呢？"！

长臂猴，②
是蜜友，
颈上圈。③
进餐伴喂鸭宝，④
不从泪潸然。⑤
灵通弄弄静音，⑥

阿公不知何解，

此时妈管用。⑦

尚不足两岁，

几多机灵鬼！⑧

①是指妈妈去上班时宝宝对妈妈摆手说再见。

②指爸妈为宝宝买的布绒母子玩具猴。

③这种猴手掌上装有对吸磁片，宝宝将猴圈在脖颈上可挂住不掉。

④鸭宝也是玩具，外婆给宝宝喂饭时要给旁边的鸭宝一起喂。

⑤婆婆偶尔忽略时宝宝就会落泪。

⑥阿公的大灵通手机不止一次被宝宝无意中弄成了静音，公公婆婆也不懂得该怎样恢复。

⑦只有等妈妈回来帮恢复。

⑧作者纵观现今孩童天生可爱的表现深有感触，对新一代孩子的进化进步很觉欣慰。

·念奴娇·

娃仔的小巴掌

——一次偶然之发现（2017-06-16）

人性丑陋？

不尽然，

更多显示光辉。

即使打爸！

也得看，

究竟因何而起？

周末得玩，

爸妈来接，

娃仔很高兴！

不在意间，

却将巴掌举起！

只因妈没跟上，

宝贝着急！

但爸不在意；

肩着娃仔继续走，

不理小腿猛踢；

怒不可遏，

右掌左耳，

爸才慢步地。

妈正出门，

不知宝贝此举！

· 蝶恋花 ·

因补课重获发小①

——昊昊三岁生日吟（2018-05-22）

列调得女无暇亲，②

咿呀学语，

李太宗世民……③

弹指小囡已豆蔻，

方知精华者浓缩。④

退休得享天伦乐，⑤

绕膝上树，⑥

凤凰涅槃悟……

六旬后结忘年交，

三载竟成男闺蜜。

①题曰"补课"乃补带小孩之课。

②"列调得女"为1987年，作者时为柳州铁路分局调度所列车调度员，简称"列调"。

③"李太宗世民"句是小女三岁前学语时调皮自改的，爷爷教给她的是"唐太宗叫作李世民"，她偏要说成"李太宗……是李太宗"，奈何不得。

④女儿上初中后久不久也会蹦出一句"浓缩的都是精华……"。

⑤作者退休为2014年，次年喜获小外孙子，开始享受天伦之乐。

⑥"绕膝上树"乃小外孙的经常性游戏活动之一，爬到肩上后还要外公站起来，嫩嘴中高叫着"上树啰上树啰……"。

第七章

杂 咏

·念奴娇·

家国情怀之所系所依

——观央视革命题材历史剧有感（2019-09-13）

民族有魂，

忌飘忽……

国家记忆锁住；

革命历史，

需叨絮，

方知去脉来龙。

人民当家，

共和幸福，

才是先烈逐！

家国情怀，

乡愁已经包容。

义勇军进行曲，

不做奴隶……

党是好领袖。

艰苦卓绝新长征，
复兴之日可指。
造福子孙，
红色千秋，
英名万古留！
年年月圆，
岁岁品味中秋。

·水调歌头·

浓墨重彩之年来

——除夕之夜感慨（2020-01-24）

党建将百年，
历历创鸿篇；
引领中华复兴，
辉煌已可见！
决胜全面小康，
决战脱贫攻坚，
国人无贵贱。
亿众都拾柴，
国计又收官。

除夕夜，
看春晚，
举国欢！
浓浓家国情怀，
百姓肺腑感。

执政造福民生，
立党为公不改。
家是最小国，
国是千万家，
富强真豪迈！

·水调歌头·

谁最应被推崇

——新时代审美观探榷（2020-12-24）

巍巍我中华，

文明恭于世，

已五千年之久！

泱泱子民中，

雄才大略者有，

英雄豪杰无数；

驱内忧外患，

兼除暴安良，

屡屡建奇功……

正当前，

新时代，

复兴中……

民族天之骄子，

又层出不穷。

血脉连绵不断，
基因赓续不绝；
根潜移默化，
雨润物无声，
最是受崇拜。